ÍNDICE

LA COMUNIDAD DE LA LUNA

Érase una vez una niña llamada Hodei que tenía un superpoder llamado Hipnos. Este poder le permitía soñar despierta en cualquier lugar, en cualquier momento. Gracias a esto, Hodei podía evadirse de la realidad y viajar a otros mundos.

Aunque en ocasiones era divertido, a menudo los demás se enfadaban con ella por no prestarles atención, y la niña se sentía triste.

Un día, durante la clase de matemáticas, la profesora le dijo que estaba en la luna de Valencia. ¿Acaso había más de una luna? Y, de ser así… ¿en que luna estaban sus compañeros? ¿Podría llegar a ella ? Pensó la niña. Hodei se quedó pensando tanto, tanto, tanto, que para cuando se quiso dar cuenta,ya había pasado demasiado tiempo en la luna de Valencia y se había quedado atrapada. ¿Dónde estaba la puerta para volver? El colegio, sus compañeros, aquella profesora… todo había desaparecido. Hodei sintió que se ahogaba, y trató de gritar para pedir ayuda, pero no salió ni una sóla palabra de su boca. Sólo veía cráteres, unas colinas a lo lejos, un oscuro cielo lleno de estrellas y el más absoluto y aterrador silencio.

La niña empezó a andar, tratando de buscar la salida. Anduvo y anduvo, pero nada. Pasaron las horas y empezó a tener sueño.

—Si tan sólo tuviera mi cama y mi mantita… —pensó. De repente, algo extraordinario sucedió. Fue pensar en aquello y ¡pum!, aparecieron, como por arte de magia, su cama y su manta. ¡Aquella luna de Valencia estaba encantada! Fue entonces cuando pensó que a lo mejor estar en la luna de Valencia no era tan mala idea y no le pareció tan terrible tener que quedarse allí por una temporada, solo hasta que encontrara la manera de volver o hasta que alguien la rescatara.

Los días pasaban y Hodei ya se había hecho a la vida en la luna de Valencia. Era una vida sencilla. Se levantaba cuando quería y podía usar su superpoder tanto como quisiera sin que nadie se enfadara con ella. Si tenía hambre, la niña se imaginaba un bocadillo de nocilla, que tanto le gustaba, y si tenía sed, un refresco. Se daba paseos diarios, se tumbaba para observar las estrellas, y si estaba cansada, volvía a su camita.

Un día, caminando, encontró a un niño de traje ceñido, con una única cremallera y numerosos bolsillos, además de botas con suela grande.

—¡Hola!—saludó la niña—. Me llamo Hodei. ¿Qué haces aquí?

—¡Hola! Amets. Vivo aquí.

—¿Viniste de la Tierra? —preguntó, sorprendida.

—Hace muchos años ya de eso.

—Yo llegué un día sin querer, y ahora no sé cómo volver.

—¿Volver? ¿Para qué? Aquí tenemos todo lo que necesitamos. Además, en la Tierra me sentía triste y solo.

—¿Tenemos? ¿A qué te refieres? —preguntó Hodei, intrigada.

—Ven, te mostraré la Comunidad de la Luna —exclamó Amets, y empezó a caminar hacia las colinas que se veían a lo lejos. Hodei nunca había ido a pasear tan lejos.

Una vez en las colinas, Hodei pudo ver donde vivía aquel niño y los demás miembros de la Comunidad de la Luna. Todos vestían igual que su nuevo amigo, y vivían en una casa blanca situada en esas colinas, con unas enormes ventanas desde las cuales se podía contemplar el planeta Tierra. Hodei nunca lo había visto desde esa perspectiva, y se sintió pequeñita de repente.

Amets explicó:

—Llegamos aquí, como tú, por accidente, y decidimos quedarnos. Aquí tenemos todo lo que necesitamos, y nadie nos hace sentir mal. Podemos usar nuestro superpoder sin miedo, porque todos lo tenemos.

—¿También podéis soñar despiertos? —preguntó Hodei, curiosa.

Amets asintió con una sonrisa, y dijo:

—Mi abuela, Zerua, ha hecho grandes descubrimientos sobre Hipnos.

De repente, un ser que por su vestimenta parecía otro miembro de La Comunidad, llegó corriendo e interrumpió aquella conversación.

—¡Es una emergencia, una emergencia! —exclamó el desconocido.

—¿Qué sucede? —preguntó Amets, preocupado.

—Una nube gris se está acercando a la Tierra a una gran velocidad.

Hodei y Amets miraron hacia lo que era su antiguo hogar. En efecto, un nubarrón se estaba aproximando, y no parecía que hubiera nada que lo detuviese. Otros miembros de la comunidad se acercaron para divisarlo también.

La anciana Zerua, que había escuchado toda la conversación, salió de su cabaña y comentó:

—El mundo ha caído en la rutina, con sus agendas apretadas y horarios rígidos. No se permite soñar ni divertirse. Todos dicen lo que creen que deben decir, y la vida se ha vuelto demasiado predecible y aburrida. Pronto esa nube cubrirá la tierra y las mentes de los que habitan en ella, impidiendo hasta el más mínimo anhelo.

—Es terrible. ¿Qué podemos hacer? —inquirió otro miembro de la comunidad.

—Nada. Ese problema no es nuestro. Los terrícolas tendrán que encontrar la solución —concluyó Zerua.

—¿Y si volvemos para ayudarles? —dijo Amets.

—Hemos estado demasiado tiempo aquí. ¿Qué dirán si regresamos?¿Y si se enfadan?— preguntó otro.

—Abuela, ¿tienes algo que pueda ayudarnos?— preguntó Amets, buscando una solución.

La abuela se llevó la mano a la boca, pensativa, y trazó un plan. La Comunidad de la Luna usaría, una vez más, el poder de Hipnos. Esta vez, para volver a la Tierra. Una vez allí, comenzaría la segunda parte del plan.

Dicho y hecho. Los miembros formaron un círculo gigante con las manos entrelazadas, cerraron los ojos y se quedaron ensimismados pensando en la Tierra. Susurraron: "Volvemos a la Tierra" y, en un abrir y cerrar de ojos, allí estaban.

Tal y como Zerua había vaticinado, la gente de la tierra, al igual que la nube, estaba gris. Tenían todos la misma expresión extraña. No había ningún tipo de emoción o sentimiento en ella. Eran todos fotocopias. Los terrícolas,al ver llegar a todos los seres a los que hacía tanto que no sabían de ellos , se acercaron, sin inmutarse demasiado.

La Comunidad de la Luna tenía que actuar rápido, no tenían mucho tiempo. Usarían Hipnos de nuevo, para quedarse soñando despiertos una vez más, y convencerían a los habitantes de la tierra para que se unieran a ellos.

—Sólo hay una manera de derrotar a esa nube que os acecha y que ya ha empezado a afectaros. La única forma de vencerla es soñando. Debéis recordar cuáles eran vuestros sueños, en qué queríais invertir vuestro tiempo, vuestras vidas —dijo la abuela.

—¡Eso es absurdo! —protestó uno.

—No recuerdo qué me gustaba hacer —confesó otro.

—Nunca me he planteado hacer algo diferente —exclamó un tercero.

—Cerrad los ojos y mirad dentro de vosotros. Unamos nuestras manos y pensemos en nuestros deseos, en nuestros sueños, en cómo podemos ser más felices —concluyó la abuela.

El plan funcionó. La nube comenzó a hacerse más y más pequeña, hasta desaparecer por completo. La expresión y el color volvieron a los rostros de todos los presentes. Hubo abrazos y besos.

Tras ese momento de emoción general, Zerua volvió a pronunciarse:

—Nuestro trabajo aquí ha terminado. Ahora sabéis qué hacer. Recordad soñar, divertiros y ser felices, antes de que otra nube gris regrese. Nosotros volvemos a la luna de Valencia, nuestro verdadero hogar.

Cuando estaban ya para marcharse, alguien exclamó:

—¡Esperad! Vuestro lugar es aquí. Ahora que hemos aprendido a soñar y disfrutar de nuevo, quizá podríamos formar un buen equipo.

Zerua miró al resto de miembros de la Comunidad de la Luna, viendo a sus antiguos amigos, compañeros/as, familiares. Era hora de volver.

La Comunidad de la Luna y la gente de la Tierra hicieron una gran fiesta para celebrar la creación de una nueva y más fuerte comunidad, la comunidad de la felicidad, donde lo más importante era ser feliz y perseguir los sueños. El mundo se convirtió en un lugar más hermoso para vivir, y nunca más volvieron las nubes grises.

LA MUJER QUE SÓLO COMÍA POSTRES

PRIMERA PARTE

Érase una vez una mujer que sólo comía postres. No se sabe muy bien cómo empezó a alimentarse a base de postres. A lo mejor de pequeña cayó en una enorme barrica de dulce de leche. A lo mejor sus padres no le dieron dulces de pequeña. O quizás simplemente un día se dió cuenta de lo ricos que estaban, y el asunto se le fué de las manos. El asunto era que sólo, sólo, comía postres.

Los postres iban cambiando con los años. Hubo una temporada en la que le dió por comer brownie de chocolate. Comía brownie para desayunar, comer y cenar. Trató de convencer a todos sus colegas de lo maravilloso que era el brownie.

Después de un tiempo, pensó que ya había tenido suficiente del brownie, y que a lo mejor no era tan maravilloso. Al fin y al cabo, sus amigos le decían que no le sentaba bien, y ella en el fondo lo sabía. Llegó a la conclusión de que necesitaba un cambio.

Empezó a merodear la nueva pastelería del barrio, con la esperanza de que algún postre nuevo la llegaría a inspirar. Entonces, la vió : una crema catalana. La mujer decidió que aquella crema catalana tenía que ser suya costara lo que costara y no paró hasta conseguirla. No la decepcionó. Y aunque a veces echaba de menos el chocolate del brownie, pronto empezó a pensar que aquella crema catalana sería el postre definitivo.

Por desgracia, un terrible virus hizo que la pastelería especializada en cremas catalanas entrara en quiebra, cerrara y la mujer que sólo comía postres, muy a su pesar, se quedara con ganas de más. La mujer trató ,sin éxito, de acudir a otras pastelerías, pero ninguna las ofrecía.

Tras unos meses, abandonó la idea de volver a probar crema catalana y pensó que lo mejor que podía hacer es volver a comer brownie. Al fin y al cabo, había sido su postre favorito durante mucho tiempo. Y, aunque el primero le supo delicioso —¡ese chocolate tan rico, mejor de lo que esperaba!— al poco tiempo volvió a recordar por qué lo dejó. Efectivamente, ese brownie le resultaba indigesto.

Aquello le hizo volver a la calle de las pastelerías, y ahí estaba: ¡una magnífica tarta de queso! siempre había querido probar una. No se lo pensó dos veces. Le hincó el diente a aquella tarta. Y aunque sintió algo de pena por dejar el brownie, pensó que había merecido la pena, y que el brownie, al fin y al cabo, le daba dolor de tripa.

La mujer, maravillada, continuó tomando tarta de queso día tras día, y cuanta más tarta comía, más le gustaba. Empezó a obsesionarse con aquella tarta de queso. ¿Podría conseguir la receta y así asegurarse de que fuera suya? Por desgracia, a la mujer no se le daba bien la repostería, y tanta tarta de queso hizo que la mujer enfermara. Tenía unos dolores de tripa terribles, se notaba agotada, y le faltaba el aire. ¿Qué le sucedía?

La mujer, preocupada, acudió a la doctora. Una mujer conocida, además de por sus conocimientos en medicina, por su sabiduría y por ofrecer buenos consejos a los habitantes del pueblo.

—Doctora —le dijo la mujer—, tengo unos dolores de tripa terribles, estoy cansada y noto que me falta el aire. ¿Qué puedo hacer para sentirme mejor? Se lo suplico, ayúdeme.

La doctora, tras escucharla atentamente y hacerle los chequeos pertinentes, concluyó:
—Voy a ser franca con usted, el diagnóstico es claro. Un empacho producido por la ingesta prolongada de postres. Necesitas dejarlos, aunque sea por un tiempo.

La mujer no daba crédito.
—¿Yo? ¿Los postres? ¿Dejarlos? ¡Pero si me pirran! Imposible. ¿Cómo voy a lograrlo?

La doctora continuó:

— De momento nada de postres. A 100 km de aquí hay una pequeña villa conocida por su mercado. Allí venden todo tipo de productos ecológicos, verduras, frutas, carne, pescado...Eso sí, no hay pastelerías. Quizás te convendría acercarte y ver que tal te va.

—Pero...¡si no se comer más que postres! —insistió la mujer.

—Suerte —dijo la doctora—. Ahora tengo que atender a otros pacientes. Te veré en un tiempo. Te llamaré.

La mujer hizo las maletas y se mudó a la villa que le había comentado la doctora. Efectivamente, allí no había ningún tipo de pastelerías, heladerías o nada que se le pareciese. Pronto, descubrió que los habitantes acudían al mercado a diario y salían con bolsas llenas de productos verdes. "Con lo ricos que están los postres" se decía a sí misma la mujer. Peor era aún cuando empezaba a hablar con algunos de ellos. La miraban como un absoluto bicho raro. ¿De qué planeta había salido esa mujer? ¿Quién se alimentaba única y exclusivamente a base de postres?

La mujer, resignada, no tuvo más remedio que sustituir sus postres por ensaladas. "Ensaladas…que aburrimiento", pensaba la mujer para sus adentros. La mujer lloraba a diario, acordándose de sus postres. ¿Y si volvía a la calle de las pastelerías? No, tenía que aguantar un poco más. Al fin y al cabo, los efectos de los postres aún seguían haciendo mella en su cuerpo.

Tras unos meses, ya se desenvolvía algo mejor en la villa y en el mercado. En una de sus visitas, cuando pedía los ingredientes para su ensalada —nada del otro mundo, tomates, lechuga, pepino, aceitunas…y quizá si estaba de humor queso de cabra, aguacate o nueces—, la dependienta le preguntó:

—Desconozco tu nombre, pero cada día te he observado venir al mercado y he visto que siempre compras lo mismo, para preparar una ensalada supongo. ¿No te parece aburrido?

La mujer le contestó:

—Aburrido es no poder comer postres. Me los han prohibido. He de tomar ensalada. No me hace mucha gracia pero…

La dependienta se rió y le dijo:

—Mujer, los postres para de vez en cuando están bien, pero no son para todos los días. Las ensaladas tampoco lo son. Mira, te voy a dar un libro de recetas. Échale un vistazo a ver si te gusta alguna, a lo mejor podrías cocinarte algo rico, mejor que una ensalada.

La mujer, escéptica, pensó :

—Bueno, peor que una ensalada no va a ser así que, mejor probar a ver.

En efecto, descubrió varias recetas que sí que le gustaban, y pensó cómo no lo había probado antes. Había descartado totalmente la posibilidad de comer cualquier cosa que no fuera un postre. Se sintió muy agradecida con aquella dependienta que tan bien le había tratado, y pronto se hicieron amigas.

La mujer siguió probando y descubriendo diferentes recetas de aquel libro, y empezó a conocer a algunas de las personas del mercado. Algunas sí que la comprendían, estaban de acuerdo en lo ricos que estaban los postres, y pronto empezó a conocer a más gente en aquella villa.

Con el tiempo. se dió cuenta de que no sólo ya no sufría de dolores de tripa, ni de fatiga, ni de falta de aire,sino que también empezaba a valorar su nueva dieta. Los días en los que se acordaba de los postres empezaron a disminuir. Finalmente, ya tan solo sentía cierta melancolía por aquellas delicias.

Un día, un número desconocido la llamó, y al descolgar, escuchó una voz familiar.

—¡Hola! ¿Te acuerdas de mí?

¡Era la doctora! Era para citarla al día siguiente. En efecto, la doctora pudo comprobar el buen estado de salud del que gozaba, le dijo que estaba totalmente recuperada ¡y que ya podría volver a los postres!

La mujer salió de la consulta llena de júbilo. Por el camino, la mujer pasó por delante de todas aquellas pastelerías de donde antes había sido su hogar. Pensó en lo ricos que estarían sus postres y como los saborearía tras todo ese tiempo sin comerlos. Pensaba entrar en todas y cada una de esas pastelerías.

Sin embargo, recordó cómo enfermó al comer tantos de ellos. Y no, no quería volver a eso. Quizás en ocasiones su nueva dieta le parecía aburrida, al fin y al cabo, se había alimentado a base de postres durante toda su vida y su paladar estaba demasiado habituado a aquello. El deseo por los postres desde luego la iba a acompañar por una buena temporada. Sin embargo, concluyó que la nueva dieta, pese a todo, definitivamente le venía bien.

La mujer tuvo una idea: a lo mejor podría retomar los postres, pero solo de vez en cuando. Se podría permitir el lujo de volver a la calle de las pastelerías ocasionalmente. Y con respecto a su vida en la villa, decidió que no estaría mal seguir descubriendo nuevas recetas, con la compañía de la dependienta y de sus nuevos amigos. También podrían organizar merendolas, pero sin llegar a empacharse esta vez. La mujer, por fin, sintió que iba por buen camino.

LA MUJER QUE SÓLO COMÍA POSTRES

SEGUNDA PARTE

Después de varios meses, la mujer que sólo comía postres ya estaba asentada en la villa. Las indigestiones ya no estaban presentes en su vida, y ahora llevaba una dieta equilibrada. También había postres, sí, pero ya no se alimentaba sólo a base de ellos. Con el tiempo, había aprendido muchas recetas nuevas y recordado otras que alguna vez había disfrutado y que ahora le sentaban bien.Todas ellas formaban parte de su nueva dieta y le ayudaban.

Sin embargo, en su interior, algo persistía. Una pequeña voz, que a veces susurraba y otras gritaba, la instaba a visitar de nuevo la calle de las pastelerías. A desaparecer de nuevo y volver a darse un atracón, a volver a sentirse viva de nuevo, ese efecto que le producían los atracones de postres. Cuando esos gritos se volvían ensordecedores, la mujer que sólo comía postres lloraba sin consuelo y deseaba escapar muy, muy lejos.

No entendía nada. Había conocido gente nueva, tenía una dieta diferente que desde luego le hacía sentirse mucho mejor, y los postres parecían cosa del pasado. ¿Por qué, entonces, seguía acordándose de esa calle? ¿Sería un sentimiento común entre los demás habitantes de la villa? ¿Acaso la gente no hablaba de ello? y lo más importante: ¿Algún día esa voz desaparecería y la dejaría tranquila, de una vez por todas?

Después de mucho pensarlo, decidió ver a su antigua doctora. Quizás ella tendría la respuesta y le podría dar algún consejo. La doctora, al verla, se alegró y sorprendió al mismo tiempo.

—¡Cuánto tiempo! ¿Qué te trae por aquí? —, exclamó al ver a la mujer.

—Doctora, no sé qué me pasa. Llevo meses siguiendo esta nueva dieta, pero aún, a veces, siento una necesidad incontrolable de volver a los postres. En ocasiones es tan fuerte que apenas puedo soportarlo. ¿Qué me ocurre? —preguntó.

—¡Qué extraño! —dijo la doctora—. La nueva dieta debería haber hecho un completo efecto en tu cuerpo. Déjame hacerte unas pruebas para poder descartar cualquier cosa.

A continuación, le realizó algunas preguntas y los exámenes pertinentes. Al terminar, dio su veredicto con expresión seria:

—Verás... tienes una tarta en el cerebro.

—¿Una qué? —La mujer no podía creerlo.

—Sí, una tarta. Aquí está, puedes verla—, dijo la doctora.

La mujer miró la radiografía extrañada, y en efecto, ahí estaba: una pequeña tarta. ¿Pero cómo había llegado hasta ahí?

—Por la forma que tiene, parece que ha estado ahí desde hace mucho, mucho tiempo. Esto podría explicar que te sigas acordando de los postres, aunque hayas cambiado tus hábitos alimenticios. Esa tarta no se va a ir a ningún lado, pero puede ayudar a entenderte y a conocerte mejor. Espero haberte sido de ayuda.

Confusa, la mujer abandonó la consulta, aún pensando en aquella tarta, sin saber aún que pensar. Si era verdad que estaba ahí desde hacía tanto tiempo, ¿cómo no se la habían detectado antes? Quizás sus padres sabrían algo al respecto, así que decidió hablar con ellos, a ver si llegaba a alguna conclusión.

—Papá, mamá, la doctora me ha dicho que tengo una tarta en el cerebro. ¿Vosotros sabíais algo de esto?

El padre y la madre se miraron, y finalmente, la madre habló:

—Hija, hay algo que no te hemos contado sobre nuestra familia. De pequeña, al igual que tú, me daba atracones de postres. Como yo, tu abuela sólo comía postres, y la madre de tu abuela también. Es un secreto que ha pasado de generación en generación, oculto, del que nunca hablábamos. Simplemente lo sabíamos, aunque nadie decía nada. Tenía la esperanza de que a lo mejor tú estarías libre de ello. Quería pensar que a tí no te afectaría, pero ya veo que sí. En el fondo, sabía que este momento podía llegar, el momento en el que me preguntaras por la tarta, y sabía que tenía que estar preparada para cuando sucediera.

—¿Por qué no me lo habías dicho antes? —preguntó la mujer.

—Como te he dicho, no sabía con certeza si tendrías la tarta y, de tenerla, si te afectaría. Pensaba que, con el tiempo, se desvanecería, pero veo que no ha sido así. Ahora ya sabes el secreto de la familia.

—¿Y aún recuerdas los postres? —insistió la mujer.

—Aprenderás a vivir con esa tarta; sólo necesitas algo de paciencia.

La mujer que sólo comía postres entendió que no sólo necesitaba un cambio de dieta, sino también aceptar esa tarta en su cabeza. La próxima vez que sintiera deseos de correr a la calle de las pastelerías, sabría que era la tarta y trataría de no prestarle demasiada atención.

Entonces, algo inesperado ocurrió: la tarta, poco a poco, dejó de hacerse notar. O así lo sintió la mujer.

EL (ÚLTIMO) REENCUENTRO

Se encontraron de nuevo en aquella playa, donde tantas veces se habían visto antes. Se besaron, intentando rescatar cualquier rastro de amor. Pero los besos, tal y como ellos, también habían cambiado. Había algo ortopédico en ellos, algo mecánico y descafeinado.

No, no eran esos besos que recordaba. Estos eran besos que sabían a la impotencia sufrida en el pasado, a las lágrimas, a la frustración, a la montaña rusa en la que constantemente vivía y de la que finalmente, se había conseguido bajar.

Se despidió con una media sonrisa, pensando que esos besos tan muertos sólo podían significar algo: que finalmente se había desintoxicado. Ya era libre y no había marcha atrás. ¿O sí?

ADULTS ONLY CITY

Aquella ciudad era sólo para adultos. "Niños no permitidos", decía el cartel. Incluso entre los adultos, no todos podían acceder. Había ciertas limitaciones, letra pequeña, como la cláusula sobre el límite de edad permitido.

Hodei volvió a la ciudad "Adults Only". Una de sus amigas viajaba por primera vez y pensó que no estaría mal acompañarla. Si se lo hubieran preguntado meses atrás, Hodei habría rechazado la propuesta: ya la tenía muy vista y pensaba: "Qué pereza, otra vez". No sabía en qué momento su cabeza hizo *click* y pasó de no querer ir a sentir curiosidad por regresar. Así que, cuando su amiga se lo propuso, no lo pensó dos veces. Al fin y al cabo, conocía la ciudad como la palma de su mano. Además, quería experimentarla de nuevo. ¿Qué sentiría al volver? ¿Qué pasaría por su cabeza? ¿Seguiría todo igual?

Hodei no pudo pegar ojo de la emoción. Sus amigos de allí, al igual que ella,se habían marchado en busca de nuevas aventuras y oportunidades. Todos, menos uno: K. K., al igual que Hodei, sintió una gran alegría al saber que ella volvía a la ciudad, y decidieron verse. Por los viejos tiempos.

Llegó el día. Sus amigas le desearon suerte, y Hodei partió hacia la ciudad de Adults Only, prometiéndoles que, a su regreso, les contaría todo con lujo de detalles.

Al llegar, la ciudad estaba exactamente igual a como la recordaba. En esa época del año lucía especialmente bonita. Fueron al hotel: pequeño, modesto, pero suficiente, porque sabían que solo lo usarían para dormir. Era una habitación sencilla, con una sola cama, pero cálida, algo que se agradecía con el frío que hacía fuera. A Hodei le resultaba extraño alojarse en un hotel en lugar de volver a su antigua casa. La parada del metro seguía siendo la misma, y al salir a la superficie, por un instante, se vio a sí misma de camino a su antiguo hogar.

Había planeado el viaje con cariño e ilusión. Hicieron numerosas paradas obligatorias, entre las que se encontraba el Gran Reloj, que marcaba la hora como si quisiera recordar a los habitantes que exprimieran cada minuto allí; y el Majestuoso Puente, que, al cruzarlo, te hacía sentir diminuto ante su inmensidad, pero al mismo tiempo, parte de ella.

La gente se agolpaba y hacía largas colas para admirar las maravillas de Adults Only y tomar fotos en sus icónicos lugares. Pero Hodei sabía que las verdaderas maravillas no estaban allí. Sí, el Gran Reloj y el Majestuoso Puente eran muy bonitos, seguro. Pero la gente se equivocaba. Las auténticas maravillas de A.O. solo podían conocerlas sus habitantes, quienes las habían sentido y vivido en su propia piel. Esas maravillas estaban en sus barrios, en su gente. Gente tan diversa, tan distinta, pero que, de algún modo, había acabado allí y convivía día a día: en las casas, en el mismo vagón de metro, en el trabajo. Todos tan diferentes y, a la vez, tan iguales. Todos disfrutando de la vida que ofrecía Adults Only: rápida, fugaz, intensa. Tanto por explorar, por descubrir, por conocer. Era, desde luego, difícil— si no imposible — aburrirse en ese lugar.

Esa misma noche, Hodei y K. se encontraron. Se pusieron al día, rieron, recordaron anécdotas de Adults Only. Por momentos, Hodei imaginó que seguía viviendo allí. Que nada había cambiado. Que seguía trabajando en el mismo lugar donde había conocido a tantas personas increíbles, entre ellas, a K. Que, como cada viernes, había salido con sus compañeros de trabajo y, al final, se había quedado a solas con él. Fue divertido imaginarlo. No pudo evitar emocionarse y una lágrima cruzó su rostro.

Cuando se quedaron a solas, K. se sinceró.
—No entendí por qué te fuiste —le dijo—. Me dejaste.
—Quería irme, y tú no viniste. Estaba cansada de Adults Only City.
—Sabes qué habría ido. No me diste tiempo.

—Era demasiado tarde ya. También me cansé de esperar.

K. y Hodei se fundieron en un profundo abrazo. K. la besó, pero Hodei no sintió absolutamente nada. ¿Cómo podría ser, después de tanto tiempo? No era lo que se imaginaba. La nube en la que estaba se desvaneció, y se dió cuenta de que, en realidad, todo había cambiado. K. había cambiado, y seguramente ella también. Recordó las palabras que alguien le había dicho en más de una ocasión: "El tiempo pasa inexorablemente". Y vaya que sí pasa.

—¿Te apetece venir a casa? —concluyó K.

Hodei rechazó la propuesta. Aquello no le llevaba a nada. Mejor volvía al hotel con su amiga, que la estaba esperando. Además, al día siguiente tenían que regresar a sus ciudades, a sus respectivas realidades. A lugares ajenos a la burbuja de Adults Only.

Por un momento, Hodei se planteó qué pasaría si se quedaba, una vez más, en aquella ciudad. Aún podía hacerlo; las cláusulas lo permitían. Todavía le quedaban algunos años. Podía volver a ser *Campanilla.* Pero sabía que no sería lo mismo. Tendría que empezar de cero: buscar un nuevo trabajo, nuevas amistades, un piso nuevo… Tenía la sensación de que, si se quedaba, esta vez sería la ciudad la que la echaría.

Hodei recibió un golpe de realidad. Eso dolió. Pero llegó a la conclusión de que sentir alegría, melancolía, tristeza —¿todo a la vez? —,no significaba que debía volver. Esas emociones pasarían, pensó, y solo necesitaría unos días para asentarlas, digerirlas, y volver a ser la misma. Sería fuerte y no se dejaría arrastrar por ellas.

Quizás esa ciudad fue como un cuento. No sabía si con final feliz, pero sí con un final vacío. Al menos, en ese momento de su vida.

Una vez en casa, Hodei se dio una buena ducha caliente y leyó los cuadernos que le había prestado K. Luego miró al cielo, y lo que vio la sorprendió: una luna tan brillante y redonda como la que había visto en Adults Only. Pensó que, tal vez, sus habitantes también estarían mirando al cielo, contemplando su belleza. Y sonrió. Ahora, lo importante era prestar atención al presente.

EL CAMALEÓN QUE OLVIDÓ SU COLOR

Érase una vez un camaleón que vivía en la selva junto con el resto de los animales. La selva era un mundo de posibilidades por explorar para el camaleón, que conocía todos y cada uno de sus rincones , así como a los animales que vivían en ella. Sin embargo, había algo que no le dejaba dormir: había olvidado de qué color era en realidad. Había cambiado tantas veces ya que no sabía cómo era su color verdadero.

En realidad, era una tarea difícil, porque allá donde iba mostraba un color diferente. Y aunque al resto de los animales les parecía fascinante —sí, cambiar de color era una habilidad muy útil—, el camaleón necesitaba saber cuál era su color original, y eso no se lo podían decir los demás animales. Al fin y al cabo, cada uno lo había visto en diferentes tonalidades, y tenían distintas opiniones.

Decidió investigarlo por su cuenta. "Caminaré por la frondosa jungla hasta descubrirlo", se dijo a sí mismo. Era diciembre, estación lluviosa en la selva, y la vegetación lucía verde y exuberante. El camaleón reflejaba el verde intenso de aquellas plantas y hojas. Pero él sabía que no era su verdadero color. Comenzó a abrirse paso entre ellas con la esperanza de descubrirlo pronto.

El camaleón siguió caminando hasta que se aproximó a un grupo de árboles con flores amarillas, dejando atrás toda la vegetación esmeralda. Subió por el tronco hasta alcanzarlas.

—Si me alejo de las hojas, dejaré de ser verde. Quizás aquí descubra mi verdadero color —pensó.

En el instante en que su cuerpo tocó aquellas flores, poco a poco empezó a cambiar su tonalidad, pasando a ser amarillo. Un lémur que pasaba por allí lo saludó:

—¡Hola, camaleón! ¿Qué haces por aquí?

—¡Hola lémur! Estoy tratando de averiguar cuál es mi verdadero color. He cruzado la selva frondosa y he llegado hasta estas hermosas flores. ¿Tú no sabrás, por casualidad, de qué color soy?

El lémur lo miró y le respondió, con seguridad:

—¡Eres amarillo!

El camaleón replicó:

—Pero ¿cómo sé si en realidad el amarillo es mi color verdadero?

El lémur se quedó un rato pensando y le respondió:

—No tengo ni la más remota idea de cuál es tu color verdadero. Imagino que tendrás que seguir explorando. Mira, ¿ves aquellas rocas? No hay ni una planta, ni una flor, ni un árbol. Si sigues siendo amarillo al llegar a ellas, significará que el amarillo es tu verdadero color.

—¡Buena idea! ¡Gracias, lémur!

—¡No hay de qué! ¡Suerte!

Dicho y hecho. Lento pero decidido, el camaleón comenzó a bajar poco a poco del árbol, dejando atrás aquellas flores y su tonalidad amarilla, volviendo a ser verde al pasar por todos aquellos arbustos.

Al camaleón no le hizo falta llegar hasta las rocas para darse cuenta de que su verdadero color no era el amarillo. Sin embargo, en su afán de explorar, continuó su camino hasta allí. A lo mejor encontraba respuestas.

Al llegar, un escorpión que andaba por allí lo saludó:

—¡Hola, camaleón! ¿Qué haces por aquí?

El camaleón le explicó:

—Estoy tratando de averiguar cuál es mi verdadero color. He cruzado la selva frondosa, he pasado por unas hermosas flores amarillas y un lémur me ha hablado de estas rocas. ¿Tú no sabrás, por casualidad, de qué color soy?

El escorpión lo miró y le dijo:

—¡Eres gris, sin duda!

Efectivamente, el camaleón estaba dejando atrás su color verde para dar paso a un tono grisáceo, como el de aquellas rocas.

—Pero ¿cómo sé si en realidad el gris es mi color verdadero? Ya he sido verde y amarillo antes.

El escorpión se quedó un rato pensando y le respondió:

—Lo siento, camaleón, desconozco tu color original. Siento no poder ayudarte. Si continúas subiendo por este sendero, llegarás a la zona de las montañas. Es diferente a esto. Si sigues siendo gris al llegar a ellas, significará que el gris es tu verdadero color.

—Nunca he visitado esa zona, continuaré ascendiendo entonces. ¡Gracias, escorpión!

—¡De nada!

El escorpión le deseó suerte y el camaleón siguió su camino.

A medida que iba subiendo, una niebla empezó a esparcirse por todo el territorio. El camaleón no podía ver nada y sintió un tremendo pánico. No parecía haber por aquellos parajes —o al menos no los podía divisar con la niebla—, animal alguno. Definitivamente, estaba perdido. Sintió que le faltaba el aire. ¿Sabría volver? Quizás no había sido una buena idea plantearse de qué color era realmente. Era más fácil seguir siendo verde, amarillo, gris o del color que fuera su entorno. El querer saber su verdadero color lo había llevado a adentrarse en la montaña, un terreno desconocido para el camaleón, y ahora estaba perdido, cubierto por la niebla.

El camaleón permaneció durante algún tiempo sin saber qué hacer, totalmente paralizado por el miedo. Al fin y al cabo, no veía nada. No estaba habituado a la niebla; nunca había vivido con ella. Lo peor de todo era que el camaleón desconocía cuándo empezaría a escampar. Los minutos se hicieron horas, las horas, días, y los días, semanas.

Sin embargo, entre la niebla, algo inédito comenzó a suceder. El camaleón pudo comprobar que su cuerpo había comenzado a teñirse de un color que le era familiar por alguna razón. Un color conocido para él desde hacía ya mucho, mucho tiempo. Tanto, que lo había terminado por olvidar.

¡En efecto, era su verdadero color! ¡Ahí estaba! Era un ligero marrón. No se veía tan fascinante como los azules, amarillos y verdes que solía adoptar, pero se sentía auténtico, se sentía de verdad. De repente, el camaleón olvidó todo lo sufrido en aquella caminata y sintió que todo aquello había merecido la pena. Ahora ya sabía de qué color era.

Justo entonces, el cielo comenzó a despejarse de nuevo. El camaleón pudo comprobar que se encontraba, en realidad, en la cima de una de las montañas. Desde lo alto pudo observar todo lo que había escalado y, aunque sus pequeñas patitas estaban resentidas, se sintió increíble al vislumbrar aquel paisaje.

Retomó el camino a casa, con una sensación de tranquilidad que hacía mucho que no sentía.

A su llegada, contó a los otros animales todo sobre su viaje. Y, cómo no, les enseñó su nuevo color. Los animales quedaron fascinados con su historia y decidieron organizar una fiesta para celebrar su regreso y su descubrimiento.

Una vez en su arbusto, cobijado y calentito, el camaleón concluyó que, si alguna vez olvidaba de nuevo su color, volvería a la montaña, a donde la niebla espesa residía. Aunque, en el fondo, sabía que ese marrón siempre había estado ahí. Solo necesitaba abrir bien los ojos para verlo. ¡Qué contradictorio que fuera la niebla la que lo ayudara a ver bien!

Editorial: BoD · Books on Demand,
Calle de Manzanares 4, 28005 Madrid,
bod@bod.com.es
Impresión: Libri Plureos GmbH,
Friedensallee 273, 22763 Hamburg (Alemania)
ISBN: 978-84-1326-839-2